AF318122

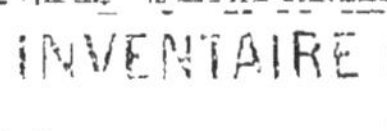

PREMIERS ESSAIS

POÉTIQUES

DE

LEOPOLD HERVIEUX

—

PRIX : 1 FR. 50 CENT.

—

PARIS

IMPRIMERIE LACOUR ET Cⁱᵉ,

RUE SOUFFLOT, 16.

—

1853.

PREMIERS ESSAIS

POÉTIQUES.

PREMIERS ESSAIS

POÉTIQUES

DE

LEOPOLD HERVIEUX.

PRIX : 1 FR. 50 CENT.

PARIS

IMPRIMERIE LACOUR ET Cie,

RUE SOUFFLOT, 16.

1853.

AU LECTEUR.

—

Si ce livre s'adressait au public, je lui demande-
rais son indulgence, et encore n'oserais-je pas me
flatter de l'obtenir. Mais je n'ai pas eu la préten-
tion de le lancer dans une arène, où il serait éclipsé
par des milliers d'écrits. Je ne l'ai fait imprimer
que pour mes amis, et mon but a été de leur com-
muniquer ces impressions, que toute âme délicate
éprouve, mais que la simple conversation est impuissante à reproduire. Ces impressions sont celles
de mon enfance et de ma première jeunesse.

Le premier sentiment qui anime l'homme, c'est
l'amour filial : c'est à lui que j'ai consacré les pre-

miers accords de ma lyre. L'enfant ne connaît que ses père et mère, il n'aime qu'eux, il n'a d'inspirations que pour eux.

A mesure que l'âge lui vient, le cercle de ses regards s'étend, et à côté de celle qui lui donna le jour, il aperçoit une seconde mère qu'il aime bientôt autant que la première. Cette mère, c'est sa patrie : je ne l'ai pas oubliée dans mes vers ; ses malheurs passagers ont fait gémir ma muse.

Lorsque l'enfance se termine, et que l'homme perd avec elle sa première innocence, en entrant dans la puberté, il sent dans son cœur vibrer des cordes nouvelles, il éprouve un trouble subit qu'il ne peut tout d'abord définir ; puis il en comprend la cause, en un mot, il connaît une troisième sorte d'amour, qui n'est point produite, comme les deux premières, par le sentiment de la reconnaissance, mais qui a pour source un instinct profondément imprimé dans le cœur humain, et aussi impossible à expliquer qu'à dominer. Soumis à la loi générale, j'ai subi l'atteinte de cette passion, et elle m'a arraché, presque malgré moi, quelques chants.

Voilà ce que renferme mon ouvrage. Si à tout cela vous ajoutez quelques poésies consacrées à des souvenirs, à des idées tantôt tristes, tantôt gaies, à des rêves tels que ceux que se forge l'imagination d'un enfant, vous aurez une idée complète du recueil.

Il ne contient donc que des impressions communes à toute âme quelque peu capable de sentir. Ce n'est point de l'art, c'est du sentiment ; ce n'est qu'à ce titre qu'il se recommande aux amis de l'auteur.

STANCES.

A MA MÈRE.

TÉMOIGNAGE D'AMOUR FILIAL.

Au premier jour de l'an 1848.

Il est donc arrivé ce jour plein d'allégresse,
Qui met tous les parents au comble de l'ivresse,
Ce jour que la Discorde a toujours recpecté,
Ce jour qui lui détruit d'un seul coup son empire,
Et dans lequel on voit tous les hommes maudire
    L'effet de son souffle infecté.

Oui, ma mère, aujourd'hui du céleste empyrée.
Où, pour punir la terre, elle était retirée,
La Concorde descend au terrestre séjour :
Elle vient aux mortels rendre son alliance,

Ramener tous les cœurs sous son obéissance,
Et les arracher au vautour.

Ce jour, où l'on ne voit que plaisirs et que fête,
Est pour nous tous ce qu'est une mer sans tempête
Pour le nocher sauvé d'un naufrage cruel,
Ou bien ce que pour lui sont des flots, dont l'écume,
Loin d'être repoussante et pleine d'amertume,
Est plus douce que l'hydromel.

C'est en ce jour heureux que le fils rémunère
Les soins et les bienfaits de son généreux père
Par ses remercîments pleins de sincérité,
Et que la chaste fille offre à sa tendre mère,
Comme le plus beau don qu'elle lui puisse faire,
Sa candeur et sa pureté.

Enfin le faible enfant, qui n'a pas même encore
Vu resplendir un an les rayons de l'aurore,
Veut partager aussi le bonheur de ce jour,
Et, malgré qu'il ne puisse exprimer sa pensée,
A sa mère qu'il a tendrement embrassée
Il sait montrer son chaste amour.

Et moi, lorsque partout, par de douces caresses,
Les enfants aux parents témoignent leurs tendresses,
Seul, je n'oserais point imiter leur ardeur !
Seul, je n'oserais point te protester, ma mère,
Que mon amour n'est point un amour éphémère,
Mais qu'il réside dans mon cœur !

Oh ! non, je ne serai jamais assez peu sage
Pour ne pas t'accorder un amour sans partage,
Et ne pas consacrer toute ma vie à toi :
A tes vœux je serai toujours prêt à me rendre,
Sitôt que j'aurai pu, par tes regards, comprendre
    Ce que tu désires de moi.

Que je suis malheureux que, dans ses dons bizarre,
La nature envers moi se soit montrée avare,
Et n'ait pas à ma lyre appris de grands accords !
Que je suis malheureux que son cruel caprice
N'ait en moi répandu qu'avec tant d'avarice
    Ses inestimables trésors !

Ah ! si sa main m'avait comblé de ses caresses,
Et si, me prodiguant ses dons et ses largesses,
Elle m'avait donné de plus nobles accents,
Comme je t'apprendrais mon amour filiale,
Comme tu me verrais d'une main libérale
    Verser sur toi des flots d'encens !

Mais quoique la nature, envers moi rigoureuse,
Ait paru redouter d'être trop généreuse,
Elle ne voulut pas me trop mal partager :
Elle me fit un don d'un prix incomparable,
Par lequel sa sagesse à jamais admirable
    A daigné me dédommager.

Ce don si précieux, c'est la reconnaissance,
Vertu qu'elle m'offrit au jour de ma naissance,

Comme un des plus grands biens qu'elle accorde aux humains
Vertu qui fut alors dans le fond de mon âme,
Pour y rester toujours, gravée en traits de flamme
    Par ses chastes et nobles mains.

D'un cœur pur déployant la naïve éloquence,
Et guidé du flambeau de la reconnaissance,
Je viens donc t'étaler une âme sans détours ;
Je viens, pour te payer de ta rare tendresse,
Te jurer un amour, qui durera sans cesse
    Jusques au dernier de mes jours.

Oui, tant que le trépas, en fermant ma paupière,
Ne m'aura pas ravi l'éclat de la lumière,
Cet amour de mon cœur ne pourra s'effacer ;
Et quand je sentirai que ma vie est usée,
Ton nom sera le mot que ma bouche épuisée
    En mourant voudra prononcer.

Crois donc, je t'en supplie, à ma reconnaissance ;
Crois que, s'il me fallait donner mon existence
Pour te faire goûter le bonheur et la paix,
Pour te faire du temps éviter les injures,
Ou des soucis rongeurs ignorer les tortures,
    Sans regret je la donnerais.

Il se peut que déjà trop lent, trop uniforme,
Mon style, malgré toi, te fatigue et t'endorme ;
Mais laisse-moi te dire une parole encor :
Excuse mon amour, car il est légitime ;

Enfin, de mes transports ne me fais point un crime,
    S'ils prennent un trop vaste essor.

Oui, daigne me permettre, ô mon aimable mère,
De te redire encor combien je te révère,
Combien je sais chérir ton dévoûment pieux,
Et combien j'apprécie et ces soins et ce zèle,
Qui des mères te font le plus parfait modèle,
    Et te rendent digne des cieux.

Bonne jusqu'à l'excès, à tes enfants sans cesse
Tu prodigues tes soins, ton amour, ta tendresse;
Tu partages leurs maux, ainsi que leurs plaisirs;
Tu gémis avec eux, quand sur eux fond l'orage,
Et, dès que leur bonheur est pur et sans nuage,
    Tu vois comblés tous tes désirs.

Telle on voit quelquefois l'aimable Philomèle
Réchauffer tendrement ses petits sous son aile,
Et d'un œil radieux les regarder dormir,
Ou de leurs maux toujours la compagne fidèle,
Les suivre tristement dans la prison cruelle
    Où l'oiseleur les fait gémir.

Remerciant donc Dieu, dont la bonté suprême
A daigné me donner une mère qui m'aime,
Je fais pour son bonheur mille vœux en retour;
Et désirant lui voir un sort digne d'envie,
Je le prie instamment de prolonger sa vie,
    De retarder son dernier jour...

Mais que dis-je ! est-ce là de mes vœux l'étendue !
Est-ce à ce seul souhait que tu t'es attendue !
N'est-ce que jusque-là que vont tous mes transports !
Ah ! si je ne puis mieux exprimer ma pensée,
Ma mère, excuse-moi, n'en sois point offensée ;
    Je m'en vais réparer mes torts :

Je désire que Dieu, non-seulement arrête
L'impitoyable mort, lorsqu'il la verra prête
A décocher sur toi ses redoutables traits ;
Mais qu'il te donne encor des jours exempts de peine,
Du cœur de tes enfants qu'il te fasse la reine,
    Qu'il te comble de ses bienfaits ;

Que sur toi désormais portant les yeux sans cesse,
Il te fasse goûter les douceurs d'une ivresse
Pleine de volupté, de calme et de candeur ;
Qu'il te trame un bonheur tel que celui des anges,
Quand leurs divins concerts et leurs saintes louanges
    De Dieu célèbrent la grandeur :

Que, toujours généreux dans ses dons, il t'accorde
De voir tes chers enfants, unis par la concorde,
Te porter tous ensemble un pur et saint amour,
Et se montrer tout prêts, dans leur reconnaissance,
A te sacrifier biens, honneurs, existence,
    Si tu l'exigeais d'eux un jour ;

Et qu'après t'avoir fait terminer sans souffrance
Le cours délicieux de ta belle existence,

Il daigne t'appeler au céleste séjour,
Où (j'ose l'espérer de ton âme sensible)
Tes prières rendront l'empyrée accessible
    Aux chers objets de ton amour.

Mais à quoi bon tenir plus longtemps ce langage ?
Je t'ai de mon amour fait le sincère hommage ;
Mon but est accompli : c'est tout ce que je veux.
Passe des jours exempts de soucis et de peine,
Que la félicité de ton cœur soit la reine :
    Tels sont mes plus sincères vœux.

31 décembre 1847.

ÉPITAPHIUM.

Eucharis, Liciniæ liberta, docta, erudita omnes artes, virgo, vixit annos quatuordecim.

Heus, oculo errante qui aspicis leti domum,
Morare gressum, et titulum nostrum perlege;
Amor parentis quem dedit natæ suæ,
Ubi se reliquiæ collocarent corporis.
Hic, viridis ætas quum floreret artibus,
Crescente et ævo gloriam conscenderet,
Properavit hora tristis fatalis mea,
Et denegavit ultra vitæ spiritum.
Docta, erudita pene Musarum manu,
Quæ modo nobilium ludos decoravi choro,
Et Græcâ in scœnâ prima populo apparui,
En hoc in tumulo cinerem nostri corporis
Infestæ Parcæ deposierunt carmine.
Studium patronæ, cura, amor, laudes, decus
Silent ambusto corpore, et leto jacent.
Reliqui fletum nata genitori meo,
Et antecessi, genita post, leti domum.
Bis hic septeni mecum natales dies
Tenebris tenentur, ditis æterna domo;
Rogo, ut discedens terram mihi dicas levem.

ÉPITAPHE.

Eucharis, affranchie de Licinia, jeune fille instruite, savante dans tous les arts, a vécu quatorze ans.

Toi qui vois en passant le séjour de la mort,
Arrête un peu tes pas, pour déplorer mon sort,
Et lis jusqu'à la fin l'épitaphe, qu'un père,
Quand je fus pour toujours ravie à la lumière,
A gravée à l'endroit où mes membres glacés,
Pour n'en jamais sortir, devaient être placés.
C'est dans ce sombre lieu que, lorsque la culture,
Développant en moi les dons de la nature,
Embellissait mes jours encore à leur printemps,
Et qu'ensemble croissaient mon âge et mes talents,
L'heure triste et fatale, en m'ôtant l'espérance,
Précipita le cours de ma belle existence.

2.

Moi, qu'avec tant de soin formèrent les neuf Sœurs,
Qui dans les jeux des grands fis l'ornement des chœurs,
Que sur la scène grecque on trouva la première,
Je ne suis plus déjà qu'un cadavre en poussière,
Que la Parque, privant de l'espoir le plus beau,
Par un arrêt cruel jeta dans ce tombeau.
De ma maîtresse, hélas! les soins, l'amour, l'étude,
La gloire, l'ornement et la sollicitude
Demeurent en silence, et sont avec mon corps
Engloutis aujourd'hui dans le séjour des morts.
J'ai désolé celui qui m'avait engendrée,
Et, malgré qu'après lui je sois au monde entrée,
Ma vie avant la sienne a terminé son cours;
Dans la tombe avec moi gisent quatorze jours,
Du jour où je naquis marquant l'anniversaire.
Souhaite que sur moi la terre soit légère.

25 juillet 1848.

ÉPIGRAMMES.

—

Pour faire une image si belle,
Je ne crois pas que maître Hauguet
Sur son visage ait pris modèle,
Car il n'aurait fait qu'un baudet.

SUR UN AUTRE ÉLÈVE DE MES AMIS.

Lorsque j'aperçois Béauiiis
Flattant sa blonde moustache,
Je crois voir une ganache
Sous la peau d'un Adonis.

11 juilet 1848.

ODE A LA RÉPUBLIQUE

IMITÉE D'HORACE.

Navire sur qui je suis né,
Navire où j'ai passé les jours de mon enfance,
A périr t'es-tu condamné !
Aux flots cruels veux-tu te livrer sans défense ?

Écoute mes faibles accents,
Écoute mes conseils; laisse ma jeune lyre
T'exprimer les maux que je sens,
En te voyant encor tomber dans ton délire.

Hélas ! ne peux-tu t'arréter ?
N'as-tu donc pas assez essuyé de tempétes !

Où te vas-tu précipiter,
Lorsqu'à te submerger mille vagues sont prêtes!

N'as-tu donc évité la mort
Que pour aller chercher de plus cruels naufrages!
    N'es-tu retourné dans le port
Qu'afin de t'exposer aussitôt aux orages!

    Sous le souffle de l'aquilon,
Ta marche est chancelante et tes voiles frémissent:
    Tu navigues à l'abandon,
Tes mâts sont fracassés, tes antennes gémissent.

    Comptant sur ton nom glorieux,
Tu dédaignes les vents qui conjurent ta perte,
    Et l'effort des flots furieux
Qui vont bientôt entrer dans ta proue entr'ouverte.

    En vain tu vantes ton haut rang :
Tes superbes exploits et ta noble origine
    Ne préserveront pas ton flanc
Des autans effrénés qui veulent ta ruine.

    Je ne te désapprouve pas
D'avoir enfin chassé ton pilote indocile :
    Mais où diriges-tu tes pas,
Sans en mettre à sa place un autre plus habile!

    N'as-tu renversé ton nocher
Que pour voguer sans guide, et voir ton équipage,

Plein, de terreur, en vain chercher
Quel nautonnier pourrait le sauver du naufrage !

Déjà vingt vaisseaux étrangers,
Envieux de ta gloire et fiers de ta détresse,
Viennent accroître tes dangers
Et redoubler le poids du péril qui te presse.

Ni tes formidables remparts,
Ni cent foudres d'airain dont les larges entrailles
Lancent la mort de toutes parts,
Ni les soldats rangés sur tes triples murailles,

Ni cette enseigne aux trois couleurs
Qui flotte au gré des vents sur ta poupe argentée,
Ni ses guirlandes, ni ses fleurs,
Ne sauront t'arracher à la mer irritée.

Ton équipage épouvanté,
Te laissant sur les flots voguer à l'aventure,
Attend avec anxiété
Que le sein de Téthys fasse sa sépulture.

Tandis qu'il en est encor temps,
Replace au gouvernail un nocher plus habile,
Qui sache éviter les autans,
Et qui rende des flots la fureur inutile.

28 juillet 1848.

A UN DE MES AMIS

QUI ME TRAITAIT DE CHINOIS, PARCE QUE JE NE VOULAIS
PAS LUI FAIRE DE VERS.

Me demander des vers, à moi qui n'en sais faire !
Alfred, y penses-tu ? Lorsque, pour te complaire,
J'essaîrais d'aligner quelques stupides vers ;
Lorsqu'après m'être mis dans quelques lieux déserts,
Au fond d'un antre obscur, ou sous un bois tranquille,
Je voudrais mettre en vers quelqu'idée imbécile.
J'userais, j'en suis sûr, dix rames de papier,
Avant d'avoir trouvé la rime du premier.
Quand donc tu tenterais d'employer la menace,
Pour me faire gravir le coteau du Parnasse,
Tu gronderais en vain ; ne me lasse donc plus,
Et cesse de songer à des vœux superflus.

Je te le dis encor, quand tu devrais me pendre,
Mon esprit à ton ordre en vain voudrait se rendre.
Et puis comprendrais-tu la langue des Chinois ?
As-tu jamais appris ce singulier patois ?
Cet argot dans lequel ils ont peine à s'entendre,
Toi qui n'es pas Chinois, pourrais-tu le comprendre ?
Mais quoi ! Ne sont-ce pas des vers que je t'écris ?
Quelle inspiration anime mes esprits ?
Serais-je le jouet d'une erreur saugrenue ?
Mais non, ce sont des vers, je n'ai pas la berlue,
Et les mots que j'écris marchent à pas comptés,
Comme si les neuf Sœurs me les eussent dictés.

Puisque ce sont des vers que ma main vient d'écrire,
Reçois-les d'un Chinois qu'un feu céleste inspire,
Et soyons tous les deux ensemble satisfaits,
Toi de les recevoir, moi de les avoir faits.

16 août 1848.

ÉPIGRAMME.

CONTRE UNE PAYSANNE POÉTESSE, QUI, DANS UN CAN-
TIQUE QU'ELLE AVAIT COMPOSÉ, FAISAIT PARLER AUX
ANGES UN LANGAGE PEU CORRECT.

Il est vrai qu'en vain ta cousine,
Cher Lefebvre, à rimer s'obstine ;
Mais si ses vers disgracieux
Prêtent aux habitants des cieux
Un si pitoyable langage,
Il ne faut pas t'en étonner :
C'est qu'elle les fait raisonner
Comme on raisonne à son village.

3 septembre 1848.

MAXIME.

Je hais l'amour trop vif ; il tombe comme un songe,
Dont un réveil soudain décèle le mensonge.

Même date.

3

SONNET.

RÉSIGNATION.

Grand Dieu, tu daignes me tenter !
Tu permets que je sois la proie
De mes ennemis pleins de joie
De voir qu'ils peuvent m'insulter.

Sans songer à m'en écarter,
Je marche dans la droite voie,
Bénissant la main qui m'envoie
Des maux si lourds à supporter.

Mais si la peine que j'endure
Peut te sembler un peu trop dure
Pour les péchés que j'ai commis,

Fais qu'en même temps elle serve
A garantir mes ennemis
Des coups que ton bras leur réserve.

1 octobre 1848.

NARRATION POÉTIQUE.

DÉVOUMENT DES FEMMES SOULIOTES.

Souli, pauvre mais vaillante bourgade, tu n'es plus à mes yeux la moins illustre des cités de la Grèce ; car tes habitants ont montré qu'ils sont les dignes fils des défenseurs des Thermopyles.

C'était sous le gouvernement d'Ali-Pacha, également redouté de son maître et de ses vassaux. Dans le pachalik de Janina, dont il avait été investi par le sultan, tout pliait sous sa main de fer, tout, excepté les Souliotes. Ces hommes, animés par l'intrépidité de leurs femmes, luttaient seuls contre ce *lion* furieux. Irrité de leur résistance, Ali, qui avait en vain employé contre eux la violence et la ruse, résolut d'en tirer une terrible vengeance, et marcha contre eux avec une puissante armée. Les Souliotes ne se découragèrent point : connaissant le sort qui les attendait s'ils étaient vaincus, ils songèrent à lui vendre chèrement leur liberté. Sortant de leur ville avec leurs femmes et leurs enfants, ils allèrent camper dans la plaine voisine, pour offrir la bataille au pacha de Janina. Non loin du lieu où devait se livrer le combat, s'élevait un rocher escarpé, dominant un vaste précipice, au fond duquel coulait avec fracas un rapide torrent. Les Souliotes firent monter leurs femmes au sommet de ce pic et leur ordonnèrent de ne pas survivre à leur défaite, et de se précipiter dans l'abîme, si elles voyaient leurs époux succomber sous le nombre des ennemis. Les femmes de Souli jurèrent toutes de se rendre à leurs désirs, et, les yeux tournés vers la plaine, elles attendirent avec anxiété l'issue de la bataille.

Ali ne tarda pas à paraître · les Souliotes lui offrirent aussitôt le combat ; mais leur petit nombre trahit leur courage, et, bientôt dispersés ; ils se retirèrent avec leur chef dans les défilés de la montagne voisine. Alors les malheureuses Souliotes, qui, du haut de leur rocher, avaient suivi des yeux la lutte des deux armées, voyant leurs époux plier et se retirer dans des gorges impraticables, crurent que tout était perdu et songèrent à remplir leur promesse. « Femmes de Souli, leur dit sans trembler l'épouse du chef, vous le voyez, tout espoir de conserver notre liberté s'est évanoui : nos époux sont vaincus ; la plupart d'entre eux ont succombé sur le champ de bataille ; ceux qui survivent à leur défaite se sont enfuis au milieu des montagnes, où ils vont aussi bientôt trouver la mort. Nous aussi, échappons par un glorieux trépas à l'opprobre de la servitude. » Elle dit, et, dans ses mains balançant son jeune fils, elle le jeta dans le gouffre : les femmes Souliotes entendirent le corps de l'enfant se heurter de roche en roche et tomber avec fracas dans les eaux du torrent, et, l'amour maternel étouffant en elles tout autre sentiment, elles frémirent d'horreur. « Femmes de Souli, reprit alors l'épouse du chef avec un héroïque sang-froid, ne plaignez pas mon fils, il est mort libre ; jetez plutôt les vôtres dans l'abîme, si vous ne voulez pas qu'ils connaissent l'esclavage. » A ces mots, les Souliotes, honteuses d'avoir tremblé, prennent leurs enfants dans leurs bras, les embrassent une dernière fois, et, s'approchant des bords du précipice, les lancent dans l'abîme.

« C'est maintenant à nous de mourir, continua la femme du chef; nous avons juré de ne pas survivre à nos époux; mourons, par notre mort réunissons-nous à eux, et échappons comme eux à la servitude ; mourons , et qu'un chant d'hymen accompagne notre trépas. » Aussitôt les femmes de Souli, se prenant par la main, commencèrent une ronde, en chantant tour-à-tour. La femme du chef se fit entendre la première :

Mon époux, malgré son courage,
N'a point pu de Souli sauver la liberté,
Et nos ennemis pleins de rage
Entre des monts étroits l'ont déjà rejeté.

Puisque désormais l'esclavage
Est le sort qui m'attend près de nos ennemis,
Je vais fuir leur fureur sauvage,
En me donnant la mort comme je l'ai promis.

Voici, mes sœurs, l'heure de l'hyménée ;
Qu'à son époux l'épouse soit menée.

A ces mots se détachant de ses compagnes, elle s'élança dans le gouffre, et son corps roula dans les eaux du torrent.

La ronde continua, et, prenant à son tour la parole, une Souliote fit entendre ces mots :

Tandis que, sans craindre le nombre,
Mon père combattait pour défendre Souli,
La mort l'a couvert de son ombre,
Et sous nos ennemis il est enseveli.

Mes sœurs, son dévoûment sublime
Me convie en ce jour à partager son sort ;
Et son noble trépas m'anime
A ne pas préférer l'esclavage à la mort.

Voici, mes sœurs, l'heure de l'hyménée ;
Qu'à son époux l'épouse soit menée.

Elle dit, et, quittant la ronde, se jeta dans le précipice. Le bruit de son corps, qui, en tombant, se heurtait de rocher en rocher, couvrit quelques instants la voix de ses compagnes, qui répétaient le chant d'hymen avec une farouche gaîté.

Et le cercle tournait toujours, et, tandis qu'il tournait, une voix dominait celle des autres Souliotes : c'était la douce voix d'une jeune et belle vierge, qui, s'arrachant avec douleur de la vie, où elle venait d'entrer, se préparait à aller rejoindre son amant. Les larmes qui coulaient de ses jolis yeux, la pâleur de son front, que ses cheveux noirs faisaient ressortir encore davantage, les battements précipités de son cœur qui soulevaient à de courts intervalles sa blanche robe de lin, tout trahissait son horreur pour la mort, quoique dans ses paroles elle semblât la désirer. Voici ce qu'elle disait :

Mes yeux, du haut de la colline,
Ont aperçu l'amant pour qui brûlait mon cœur
Souriant à la mort voisine,
Heureux de succomber sans perdre son honneur.

En vain le trépas nous sépare,
En vain nos ennemis espèrent me tenir
Sous leur joug impur et barbare :
A mon amant bientôt je vais me réunir.

Voici, mes sœurs, l'heure de l'hyménée ;
Qu'à son époux l'épouse soit menée.

Elle suivit aussitôt ses deux compagnes dans l'abîme ; et le torrent l'engloutit.

Et le cercle tournant toujours, une jeune vierge aussi belle, aussi touchante que la première, renouvela le spectacle déchirant qui venait de se passer ; elle prononça ces mots :

Et moi, j'ai vu périr mon frère :
Longtemps des ennemis il soutint les torrents,
    Et leur fit mordre la poussière ;
Mais lui-même il tomba sur leurs corps expirants.

    Pour imiter sa fin sublime,
Pour pouvoir des vainqueurs fuir la férocité ,
        Je vais me lancer dans l'abîme,
Je vais, en succombant, sauver ma liberté !

    Voici, mes sœurs, l'héure de l'hyménée ;
    Qu'à son époux l'épouse soit menée.

En achevant ces mots, elle quitta le cercle, et, comme ses compagnes, elle alla chercher la mort au fond du précipice.

Et le cercle tournait toujours : à chaque tour qu'il faisait, il se rétrécissait de plus en plus, et la femme Souliote, voisine de celle qui venait de quitter la ronde, commençait à son tour le lugubre chant d'hyménée. Parmi les Souliotes se trouvait l'épouse du vaillant Photos, qui, exilé par ses concitoyens, avait mieux aimé périr que porter les armes contre son pays. Mais cette femme n'avait pas seulement à déplorer la perte de son époux ; elle venait de voir tomber son dernier espoir, son fils, au milieu de la mêlée. Au moment de mourir, elle entonna comme ses compagnes le chant d'hymen. Aucune marque de faiblesse ne paraissait sur son visage ; sa voix était mâle et retentissante ; son chant était aussi mélodieux que celui du cygne exhalant son dernier soupir :

> Comme un beau lis qui vient d'éclore,
> Et que la faulx tranchante abat dès qu'il est né,
> Mon tendre fils à son aurore
> Par le fer des vainqueurs vient d'être moissonné !

> Mais je suis bien loin de le plaindre ;
> Car lui-même il m'apprend, par son noble trépas,
> Que la mort n'est jamais à craindre,
> Quand des fers de l'esclave elle affranchit nos bras.

> Voici, mes sœurs, l'heure de l'hyménée ;
> Qu'à son époux l'épouse soit menée.

Quand elle eut fini ce lugubre chant d'hymen, elle alla rejoindre ses compagnes dans les eaux du torrent qui s'entr'ouvrit pour l'engloutir.

Et le cercle tournait toujours. Mais, à chaque tour qu'il faisait, la voix des Souliotes qui répétaient le refrain faiblissait, faiblissait sans cesse. Enfin toutes se jetèrent tour-à-tour dans l'abîme. Elles étaient soixante : soixante fois les victimes tombèrent avec fracas dans le gouffre sans fond. Une seule échappa, comme par miracle, à la destinée commune, et survécut à sa chute.

Cependant les Souliotes, qui s'étaient retranchés dans les défilés, n'avaient pas été vaincus ; leur petit nombre leur permettant d'agir plus facilement que leurs ennemis embarrassés par leur multitude, ils remportèrent la victoire et taillèrent en pièces les troupes d'Ali-Pacha. Mais, quand ils revinrent pour annoncer leur succès à leurs femmes, ils ne trouvèrent plus que celle qui avait survécu à ses compagnes, et qui leur raconta comment, croyant leurs époux vaincus, elles avaient trop fidèlement rempli leur promesse.

15 novembre 1848.

ÉLÉGIE.

—

I.

Non, ce n'est point pour vous que ces vers sont écrits,
Riches, qui du bonheur n'avez que le fantôme;
Le bonheur fuit toujours les superbes lambris,
Il aime beaucoup mieux habiter sous le chaume.

Ceux que le moindre mal n'a jamais assiégés,
Ceux que la pâle faim n'a jamais pu surprendre,
Et qui n'ont point été par l'hiver outragés,
Pourront bien m'écouter, mais non pas me comprendre.

Mon but est de prouver au pauvre, qui souvent
Regarde les palais avec des yeux d'envie,

Qu'il peut, sous l'humble toit qui l'abrite du vent,
Couler la plus paisible et la plus douce vie.

. . . .

. . . .

II.

C'était un jour d'hiver ! Quel touchant souvenir
Rappelle à mon esprit ce jour si plein de charmes !
Il ne pourra jamais de mon cœur se bannir,
Et maintenant encore il m'arrache des larmes !

C'était la veille de ce jour
Où, fidèle à l'usage établi par nos pères,
La jeunesse, aux objets de son candide amour,
Court souhaiter des jours longs et prospères.

Pour remplir ce pieux devoir,
Je fuyais un matin les murs de mon lycée,
Préoccupé par la pensée,
Qu'enfin j'allais bientôt revoir
Ma mère que j'avais malgré moi délaissée.

J'étais aussi joyeux que l'oiseau fugitif,
Qui s'échappe enfin de la cage,
Où l'oiseleur cruel le retenait captif,
Et qui d'un vol léger retourne au frais bocage,
Où sa mère l'appelle avec un chant plaintif.

Il m'eût été bien doux de retrouver mon père ;
Mais d'un si grand bonheur, hélas ! j'étais privé ;
Le ciel, qui ne veut pas qu'un destin trop prospère
    Ici-bas nous soit réservé,
    Sans pitié l'avait enlevé
Aux caresses d'un fils, que sa mort désespère.

Ce jour-là toutefois ce coup irréparable
  Ne me causait qu'un chagrin passager ;
Ma jeunesse et les soins d'une mère adorable
    Me rendaient alors plus léger
Le malheur, dont le ciel venait de m'affliger.

J'avais ma liberté : c'en était bien assez
Pour me faire oublier tous les ennuis passés,
Qui m'avaient jeune encor rendu la vie amère,
Et les pleurs qu'en secret j'avais souvent versés,
  En me voyant séparé de ma mère.

Désirant la revoir le plus vite possible,
    Dans mes deux mains serrer sa main,
Et lui montrer un fils à ses bontés sensible,
    J'entrepris à pied le chemin,
Me disant pour m'armer d'un courage invincible :
    « Je me reposerai demain. »

    J'avais à parcourir six lieues ;
C'est beaucoup de chemin, quand on n'a que treize ans,
Mais le ciel, nuancé de belles teintes bleues,
    Faisait présager un beau temps.

L'air était très piquant; la terre froide et dure;
　　Le vent soufflait avec vigueur;
Mais, étant bien couvert, de son âpre froidure
Je pouvais affronter l'impuissante rigueur.

J'avais bien peu mangé; mais, disais-je tout bas,
J'ai souvent au lycée eu faim sans que j'en meure;
Aujourd'hui j'aurai faim, et je n'en mourrai pas;
Et puis en me hâtant, j'atteindrai de bonne heure
　　　L'heureuse et paisible demeure,
Où ma mère m'apprête un bienfaisant repas.

Il eût sans doute été plus sage et plus prudent
D'attendre le départ de quelque véhicule,
Qui m'eût dans mes foyers conduit sans accident;
Mais, quand un vif désir nous pousse et nous stimule,
La raison sur l'esprit perd tout son ascendant.

　　Je pars donc avec assurance,
Sans vouloir écouter la voix de la raison,
　　　Fortifié par l'espérance
De me dédommager dans ma chère maison
　　　De quelques heures de souffrance.

　　D'abord je cours, je vole sans broncher;
Déjà même, surpris en me voyant leste,
Au terme du chemin je crois pouvoir toucher,
Avant que le soleil, dans sa course céleste,
　　　Vers le zénith ait cessé de marcher.

Mais bientôt ma vigueur décroît,
La fatigue me prend, mes pas se ralentissent,
Et mes pieds, tout gonflés par la rigueur du froid,
Refusent de servir mon ardeur qu'ils trahissent.

Pour comble de malheur la triste faim me presse
   De son implacable aiguillon,
Et du ciel, obscurci par le sombre aquilon,
La neige tombe, et vient augmenter ma détresse.

   Que faire, hélas ! ou m'arrêter?
La faim, le vent, le froid, tout contre moi conspire,
Pour aggraver des maux que la fatigue empire,
   Et pas un toit pour m'abriter !

Pour en découvrir un, en vain je veux percer
Le voile, que la neige, en couvrant la nature,
Devant mes faibles yeux ne cesse de placer;
Cet effort inutile augmente ma torture;
Alors désespéré, je marche à l'aventure,
   Sans savoir par où m'avancer.

   Déjà je commence à comprendre,
Que loin des toits dorés où l'on voit s'ennuyer
Le riche, que son or ne saurait égayer,
   Au bonheur nous pouvons prétendre,
Si devant les tisons qui fument sous la cendre
   De notre modeste foyer,
Ni le froid, ni la faim ne peuvent nous surprendre.

Tout entier à cette pensée,
Je me traînais, l'œil morne et la tête baissée,
Quand au loin j'aperçus une pauvre maison,
Que la neige, en couvrant sa toiture percée,
Paraissait revêtir d'une blanche toison.

Cet aspect calma peu mon cœur désespéré.
« A quel secours, me dis-je, ici puis-je prétendre!
Qui voudrait habiter un toit si délabré ? »
Quand ces mots m'échappaient, j'étais loin de m'attendre
A le voir du bonheur l'asile préféré !

Tandis que mon âme alarmée
Dans sa crainte écoutait des doutes mensongers,
Soudain je vis du toit, en tourbillons légers,
S'échapper un peu de fumée.

A cet aspect je sens renaître mon courage,
Ainsi que le navigateur,
Qui, prêt à succomber sous l'effort de l'orage,
Combat plus bravement son implacable rage,
En voyant devant lui le port libérateur.

J'atteins de la chaumière en un instant le seuil ;
A frapper à la porte aussitôt je m'apprête,
Quand soudain, retenu par un frivole orgueil,
Au lieu de la heurter, je tremble et je m'arrête.....

« Moi, mendier, pensai-je! et chez des indigents!
Chercher à les fléchir par une voix plaintive,

4

Et peut-être essuyer des refus outrageants!
Moi, dont la tendre mère, à me plaire attentive,
Prévient tous mes désirs par ses soins diligents ! »

Tandis que cette crainte injuste et déplacée
Causait un nouveau trouble à mon esprit rêveur,
Je vis contre la porte une image fixée :
    C'était l'image du Sauveur.

    J'y lus ces lignes admirables :
« Jésus, pour nous sauver, a bien voulu mourir ;
« Suivons son saint exemple, et soyons secourables,
« Et lorsque notre frère est tout près de périr,
    « Tendons-lui des mains favorables. »

« Oui, m'écriai-je alors en lisant ces maximes,
Celui qui pour son Dieu d'un saint zèle exalté
Au-devant de sa porte a mis ces mots sublimes,
Doit respecter les droits de l'hospitalité ! »

Alors je frappe : on m'ouvre, et je vois sur le seuil
    Une femme en habits de deuil
Me tendre, en souriant, une main bienveillante,
Tandis qu'assis au fond d'un rustique fauteuil,
Deux enfants, au teint frais, à la mine brillante,
Du foyer regardaient la flamme pétillante.

« Entrez, me dit la femme, entrez vous reposer,
Parlez, ne craignez point de me voir intraitable ;
Si vous avez des maux, je vais les apaiser.

Je n'ai qu'un pauvre abri, qu'une frugale table ;
Mais de tout ce que j'ai vous pouvez disposer. »

« J'ai bien froid, j'ai bien faim, lui dis-je avec effort. »
Puis je sentis pâlir tout-à-coup mon visage,
De mes sens je perdis en même temps l'usage,
Et soudain dans ses bras je tombai presque mort.

. . . .

. . . .

III.

J'ignore quel service alors me fut rendu,
Tandis que la lumière à mes yeux fut ravie ;
 Mais quand je revins à la vie,
Je me vis près du feu doucement étendu
Sur le pauvre fauteuil qui m'avait fait envie,
Quand j'étais arrivé tremblant et morfondu.

Mon angélique hôtesse, avec sollicitude,
Veillait à mes côtés sans oser respirer.
Quand je levai les yeux, je vis son attitude :
Ému par sa bonté, de son inquiétude
 Je me hâtai de la tirer.

« Rassurez-vous, lui dis-je, ô vous, mon bon génie,
 Rassurez-vous et calmez votre émoi :
Vous m'avez délivré de ma triste agonie ;

Sans vous j'étais perdu, c'en était fait de moi ;
Mais vous m'avez sauvé, votre tâche est finie. »

Et tout en adressant ces mots à ma gardienne,
        Comme un homme ivre de bonheur,
Je lui prenais la main, la serrais dans la mienne,
La couvrais de baisers, la pressais sur mon cœur.

Mais elle, tout entière à ses soins empressés,
De mes débiles mains doucement se détache,
        Un instant à mes yeux se cache,
Puis revient, apportant dans ses bras tout gercés
De son petit jardin et de sa seule vache
Les rustiques produits pour l'hiver amassés.

    Lorsque j'eus pris un peu de nourriture,
Et que je me sentis la force de parler :
« Quelle raison, lui dis-je, et quelle conjoncture
Dans ce triste séjour ont pu vous appeler ?
Comment, dans ce désert où tout est sans culture,
        Avez-vous pu vous isoler ? »

« Vous désirez savoir pourquoi je suis venue,
Dit-elle en refoulant un soupir dans son cœur,
Habiter dans des lieux où la terre est si nue ;
Eh bien ! c'est, mon enfant, pour chercher le bonheur. »

« Le bonheur ! m'écriai-je, en ce lieu solitaire,
Où tantôt j'ai failli rencontrer le trépas !
Vos paroles, pour moi, sont pleines de mystère ;

Expliquez-vous, parlez ; je ne vous comprends pas. »

« En moi vous réveillez une amère douleur,
Dit-elle ; ce bonheur que le ciel me confère,
Ce bonheur, je le dois au plus cruel malheur ;
Mais vous le désirez : je vais vous satisfaire.

  Je naquis dans la pauvreté ;
Mes parents, qui n'avaient d'autre bien en partage
  Que leur parfaite honnêteté,
Avaient voulu, du moins, m'en léguer l'héritage,
  L'estimant comme un avantage,
Qui, par les coups du sort, ne pourrait m'être ôté.

Préférant de beaucoup l'honneur à la richesse,
Sur un jeune homme pauvre ils fixèrent leur choix,
Et l'anneau nuptial fut passé dans mes doigts.
J'aurais voulu rester l'appui de leur vieillesse ;
Mais ils me l'ordonnaient : j'obéis à leur voix.

Mon époux répondit du reste à leur attente :
Son âme était féconde en nobles sentiments ;
Il était satisfait lorsque j'étais contente,
Et, pour mes bons parents, sa douceur fut constante
  Jusqu'à leurs suprêmes moments.

Je le remplis bientôt d'une vive allégresse :
A deux enfants jumeaux mon sein donna le jour ;
Et l'aspect de ces fruits de notre doux amour
Le fit, à mon égard, redoubler de tendresse.

Attentif aux objets de sa sollicitude,
Il savait, à lui seul, pourvoir à nos besoins,
Et moi, tranquille, heureuse et sans inquiétude,
A mes enfants chéris je consacrais mes soins.

Déjà l'on me voyait avec des yeux d'envie,
    On était jaloux de mon sort,
Quand un jour, du bonheur où se berçait ma vie
La source si féconde, hélas ! me fut ravie :
Je perdis mon époux, on me l'apporta mort !

D'un riche qui passait la superbe voiture
    L'avait sur la route écrasé.
O mon Dieu ! vous savez quelle fut ma torture
Dans le jour que remplit cette affreuse aventure.
Je crus que tout bonheur était pour moi brisé.

J'aurais, pour mettre un terme à ma douleur amère,
Suivi, sans hésiter, mon époux au trépas ;
Mais mes deux fils n'avaient d'autre appui que leur mère ;
J'y songeai : ce fut là ce qui retint mon bras.

    Demeurée ainsi sans secours,
Et voulant à mes fils fournir leur subsistance,
De mes anciens amis j'implorai l'assistance ;
Mais je n'obtins rien d'eux, rien que de froids discours,
    Qui me montraient leur inconstance.

Devant un riche alors j'allai m'agenouiller,
Et je lui racontai mes maux et ma détresse ;

Mais il me répondit d'un ton plein de rudesse :
« Vous êtes jeune encor, vous pouvez travailler ;
« Allez, je ne veux pas soulager la paresse. »

Ce reproche sanglant ranima mon courage ;
Maudissant les humains, ne les voulant plus voir,
Et comme obéissant aux transports de la rage,
Je vins dans ce désert cacher mon désespoir.

Avec le peu d'argent que je pus recueillir
    J'achetai cette humble demeure,
Où j'espère que Dieu me laissera vieillir,
Et qui m'abritera jusqu'à ce que je meure.

Sous ce toit délabré, mon sort s'est adouci ;
De mes malheurs passés mon âme s'y console,
    Et du riche au cœur endurci
Je n'entends plus ici l'outrageante parole.

Avec ces chers enfants, objets de mon étude,
Qu'une vache nourrit tous les jours de son lait,
    Je coule dans la solitude
Des jours pareils aux jours pleins de béatitude,
Où du doux nom d'épouse un époux m'appelait.

Malgré ma pauvreté, dans ce désert stérile,
Souvent à mon prochain je suis encore utile ;
Au voyageur perdu j'indique le chemin,
    Au malheureux j'offre un asile,
Avec le mendiant je partage mon pain.

Enfin, dans ce séjour qui semble inhabitable,
    La main du Seigneur m'a rendu
Le bien le plus réel et le plus véritable,
    Le bonheur que j'avais perdu. »

    « Arrêtez, femme généreuse,
M'écriai-je, arrêtez : c'en est assez, merci.
Je comprends maintenant que vous soyez heureuse ;
Car moi-même je sens que je le suis aussi,
Et que je ne le fus jamais autant qu'ici.

Mais ma mère m'attend, et je ne voudrais pas
La laisser plus longtemps dans son inquiétude ;
Vers elle, sans retard, je vais porter mes pas.
Adieu, conservez bien votre béatitude. »

    C'est un désir trop juste, aussi je m'y soumets,
Reprit-elle d'un ton qui peignait sa tristesse ;
A votre mère allez rendre son allégresse ;
Mais promettez-moi bien de n'oublier jamais
Celle qui d'une mère a pour vous la tendresse. »
— « Oui, lui dis-je en pleurant; oui, je vous le promets. »

Et puis, après l'avoir plusieurs fois embrassée,
Je partis, le cœur gros de joie et de douleur,
Heureux d'aller revoir ma mère délaissée,
Malheureux de quitter l'asile du bonheur.

. . . .

. . . .

Et maintenant encor, quand je pense à ce jour,
Où j'ai du vrai bonheur si bien goûté les charmes,
Et quand je me souviens de cet heureux séjour,
Je ne puis m'empêcher de répandre des larmes.

10 décembre 1848.

STANCES LYRIQUES

Jour sacré! jour où l'innocence,
Dans son amour respectueux,
Témoigne sa reconnaissance
A ses parents affectueux;
Témoin de l'amitié sincère
Que je porte à ma tendre mère,
Et des transports que je ressens,
Viens à mon aide, favorise
Le succès de mon entreprise,
Et soutiens mes faibles accents.

Ma mère, comment tracerai-je
Le tableau de tes qualités?

De quelles couleurs userai-je
Pour peindre toutes tes bontés ?
De la piété maternelle
Tu m'offres le plus beau modèle
Qu'on puisse voir dans l'univers :
Sur tes enfants veillant sans cesse,
Et les comblant de ta tendresse,
Tu les soutiens dans les revers.

Tu voudrais les voir inflexibles
Au sein de la prospérité,
Et les retrouver insensibles
Au souffle de l'adversité;
Les voir, prenant tous pour émule
L'austère et vertueux Hercule,
S'éloigner du sentier battu,
Et marcher dans la droite route,
Sans avoir un instant de doute
Entre le vice et la vertu ;

Assis au banquet de la vie,
Savourer la félicité
Dans un vase d'or, que l'envie
N'ait point de sa lèvre empesté;
Là, rassemblés en un seul groupe,
De l'amitié goûter la coupe,
Puis se la passer tour-à-tour,
Et, par ce solennel usage,
Se donner un précieux gage
De leur inaltérable amour;

Méprisant les fureurs stériles
De leurs ennemis confondus
Par leurs vertus rendre inutiles
Les piéges qu'ils auront tendus ;
Comme on voit sur l'humide abîme,
Où des vagues il tient la cime,
Dans son nid l'alcyon flotter,
Et, doucement porté sur l'onde,
Regarder sa rage inféconde,
Sans songer même à l'éviter :

Dédaigner les vains artifices
De l'envie aux traits aiguisés,
Et marcher sur les précipices
Que, pour les perdre, elle a creusés,
Comme ce chantre de Sicile,
Qu'un dauphin, à sa voix docile,
Transporta jadis sur les flots,
Et qui, grâce aux sons de sa lyre,
Put rire du cruel délire
Des vagues et des matelots ;

Toujours unis, lorsque l'orage
Sur eux vient fondre sans pitié,
Opposer à sa vaine rage
Le rempart de leur amitié ;
Se prêtant un bras secourable,
Vers un bonheur inaltérable
Aller sans jamais s'arrêter,
Et, marchant d'un pas toujours ferme,

Du voyage toucher le terme,
Sans avoir rien à redouter.

Pour réaliser ce beau rêve
D'éternelle félicité,
Sans cesse ta vertu s'élève
Contre leur indocilité :
Tu les exhortes à bien vivre,
A ne pas craindre de te suivre
Sans frémir et sans balancer ;
Et, la parcourant la première,
Tu leur aplanis la carrière
Où tu veux les voir s'élancer.

En les comblant de ta tendresse,
Tu leur enjoins de s'accorder ;
En les aidant dans la détresse,
Tu leur enjoins de s'entr'aider.
Ton noble amour de la justice
Leur inspire pour l'artifice
Le dégoût qu'elle a mérité ;
En employant bien ton aisance,
Tu leur apprends la bienfaisance
A l'égard de la pauvreté.

Tu les instruis par ta clémence
A ne jamais s'abandonner
Aux durs plaisirs de la vengeance,
A ne savoir que pardonner ;
Ton exemple les encourage

A ne point fléchir sous la rage
Du destin contre eux irrité ;
Et, par ta conduite énergique,
Tu leur montres la route unique,
Qui mène à la félicité.

En leur montrant l'antipathie
Que ton cœur a pour la fierté,
Tu leur prêches la modestie,
Tu leur prêches l'humilité.
Ton amour leur sert de modèle
Dans cette union fraternelle,
Que tu veux leur voir acquérir.
En leur faisant voir ton courage,
Lorsque l'adversité t'outrage,
Tu leur apprends à la souffrir.

Enfin, par l'heureux assemblage
Des plus heureuses qualités
Dont la nature ait fait hommage
A ceux qu'elle a le mieux dotés,
Tu leur enseignes à connaître
Le Dieu qui leur a donné l'être,
A lui plaire par leur vertu,
A ne chérir que la justice,
A fouler à leurs pieds le vice
Par leurs chastes mains abattu.

Console-toi, ma tendre mère,
De tes efforts affectueux ;

Tu n'auras point la peine amère
De voir tes soins infructueux :
Tes enfants, remplis d'un saint zèle,
Te prenant pour leur seul modèle,
T'imiteront jusqu'au trépas ;
Tu seras bien récompensée,
Car ils n'ont tous qu'une pensée :
Celle de marcher sur tes pas.

Et tant que la Parque infernale,
Qui file en chantant nos destins,
Ourdira de sa main fatale
La trame de leurs jours sereins,
Grâce à ton exemple efficace,
Ils suivront pas à pas ta trace,
Sans la quitter un seul instant,
Et, réglant sur toi leur conduite,
A ton admirable mérite
Rendront un hommage éclatant.

Pour moi, qu'instruisent tes maximes
A ne connaître aucun détour,
Je suivrai tes conseils sublimes,
Tant que je pourrai voir le jour ;
Garanti par mon innocence
Des faux attraits de la licence,
Je garderai pur mon honneur,
Et, sans retourner en arrière,
Je saurai parcourir entière
La route qui mène au bonheur.

Et quand enfin la main propice
Dé Dieu, mon parfait créateur,
Rompra l'imparfait édifice
De mon corps dont il est l'auteur ;
Quand je sentirai ma paupière
Se fermer devant la lumière,
J'oserai faire un noble effort :
Et ranimant ma force éteinte,
Je combattrai Satan sans crainte,
Pour aborder sans crainte au port.

Ainsi, quand vieilli dans l'arène
Où tant de fois il fut vainqueur,
Le coureur, que la gloire entraîne,
Veut sauver son intègre honneur,
Il entre encor dans la carrière
Avec une attitude fière,
Dont l'âge ne peut le priver ;
Et repassant dans sa mémoire
L'éclat de soixante ans de gloire,
Il s'exhorte à le conserver ;

Réveillant sa vigueur antique
Dans ses membres qu'il sent mourir,
Il court dans la pensée unique
D'être vainqueur et de périr ;
Et, quand, le premier, d'un pas ferme
Du stade il a touché le terme,
Il cède à ce suprême effort :
Il tombe, et, couronnant sa vie

Par la fin dont elle est suivie,
Obtient la victoire et la mort.

Et c'est sur la brillante couche
Des lauriers qu'il a recueillis,
Que la mort vient glacer sa bouche
Et briser ses membres vieillis.
Il lui sourit d'un œil paisible,
Tant son noble cœur est sensible
Au bonheur d'avoir bien vécu !
Et, répandant de douçes larmes,
Il trouve d'ineffables charmes
A mourir sans être vaincu.

Tendre mère, comment ferai-je
Pour te payer de tes bienfaits ?
Quel secours solliciterai-je
Pour réaliser mes souhaits ?
En vain je chercherais sur terre
Un assez fort auxiliaire ;
Il n'en existe en aucun lieu.
Pour récompenser ta conduite
Aussi bien qu'elle le mérite,
Il faut la puissance d'un Dieu.

Aussi c'est Dieu seul que j'implore,
C'est à lui seul qu'avec ferveur ;
Je demande qu'il te décore
De sa grâce et de sa faveur;
Et j'espère que sa clémence,

Avec son étendue immense,
Se découvrira devant toi ;
Car son oreille est attentive
A la voix timide et plaintive
De celui qui prie avec foi.

Si ma prière accoutumée
Monte à son séjour immortel,
Comme l'odorante fumée
De l'encens qui brûle à l'autel,
Et si, sans y trouver d'obstacle,
Jusqu'au céleste tabernacle
Ma voix parvient à pénétrer,
Le ciel te comblera sans cesse
De la plus parfaite allégresse
Qu'on puisse ici-bas rencontrer ;

D'amis tu seras entourée,
Les gens de bien t'honoreront,
Et tu te verras adorée
De tous ceux qui te connaîtront ;
Ceux en qui ta pieuse vie
Aura fait naître de l'envie
Se jetteront à tes genoux,
Et, te montrant leur repentance,
Imploreront avec instance
Un pardon à donner bien doux ;

Tes enfants, pleins d'obéissance,
Accompliront tes volontés ;

Et leur juste reconnaissance
Récompensera tes bontés ;
Pleins d'un dévoûment exemplaire,
Ils ne chercheront qu'à te plaire,
Ils ne connaîtront que ta loi,
Ils te consacreront leur vie,
Et n'auront que la seule envie
De pouvoir la donner pour toi ;

Et si du sort la voix suprême
Les contraint pour te secourir
D'employer ce remède extrême,
Et pour toi s'il leur faut périr,
Sans s'inquiéter quel partage
Leur sera fait de l'héritage
Que Dieu réserve à ses élus,
En mourant ils prîront encoré
Le Seigneur, pour qu'il te décore
Du digne prix de tes vertus ;

Enfin tu pourras sur la terre
Jouir dans la sécurité
D'un bonheur, que ta vie austère
T'aura largement mérité.
Puis, après avoir eu la joie
De placer dans la bonne voie
Tes enfants à tes vœux soumis,
Tu mourras sans inquiétude,
Pour goûter la béatitude
Dans le ciel aux justes promis :

Dans leur demeure fortunée
Les saints viendront te recevoir ;
Et par eux tu seras menée
Devant Dieu qu'eux seuls peuvent voir ;
Aux pieds de son splendide trône,
Où la majesté l'environne ,
Ils te porteront sur leurs mains,
Et tu pourras voir la puissance,
La gloire et la magnificence,
Du maître éternel des humains ;.

Assise à la divine table,
Y siégeant avec volupté,
Dans une coupe délectable
Tu boiras l'immortalité ;
Là, de beauté resplendissante,
Et de lumière éblouissante
Comme l'étoile du matin ,
Tu verras des légions d'anges
T'enivrer de douces louanges
Durant lo céleste festin :

Et dans ce séjour de lumière,
Où les élus sont triomphants,
Tu rendras Dieu par ta prière
Propice à tes heureux enfants ;
Du haut de ton palais sublime,
Tes regards, traversant l'abîme,
S'abaisseront encor sur eux ,

Et, comme un brillant météore,
Tu les éclaireras encore
Dans le chemin qui mène aux cieux.

31 décembre 1848.

STANCES.

—

MES ADIEUX A UN AMI.

Excuse, cher ami, la douleur que j'éprouve
Au moment où je vais pour longtemps te quitter :
Mon cœur est oppressé ; je sens qu'il faut qu'il trouve
Un ami complaisant qui daigne l'écouter.

Permets donc qu'un instant avec toi je converse ;
Avec toi je désire encor m'entretenir.
Ouvre-moi ton bon cœur, afin que j'y déverse
Des pensers que le mien ne peut plus retenir.

Qu'il est dur de quitter un ami véritable,
Quand on a près de lui coulé des jours si doux !

Ce chagrin n'atteint point ceux dont l'âme est instable ;
Pour le connaître, il faut s'être aimé comme nous !

Trouver un tendre ami, dont le mâle courage
Sût partager mes maux ainsi que mon bonheur,
Et me parler sans cesse un sincère langage,
C'était depuis longtemps le songe de mon cœur.

Je te vis, je t'aimai ; mon âme fut contente ;
Je sentis sur-le-champ qu'en toi j'avais trouvé
Le comble de mes vœux, l'objet de mon attente,
L'ami que mon esprit avait toujours rêvé.

Je m'élançai vers toi, comme un nocher timide,
Qui, porté par les flots de récif en récif,
Et longtemps ballotté sur leur surface humide,
S'élance dans le port avec son frêle esquif.

Tu me tendis alors une main empressée,
Tu compris mon tourment, ton âme en eut pitié ;
Nous aimer, telle fut notre unique pensée,
Et de cet heureux jour date notre amitié.

Dès lors je t'ai chéri comme on chérit un frère ;
Autant que je le pus, je me fis ton soutien,
Je sacrifiai tout au bonheur de te plaire,
Et j'eus pour ennemi quiconque fut le tien.

Mais tu m'as bien payé de ma sollicitude :
Caresses, amitié, tu m'as tout prodigué ;

A me charmer tu mis tes soins et ton étude,
Et ton zèle pour moi ne s'est point fatigué.

Tu fus le confident de toutes mes pensées ;
Sans jamais te lasser, tu m'écoutais toujours.
Que d'heures à causer se sont ainsi passées !
Comme les jours coulaient ! pour moi qu'ils étaient courts !

Si contre l'amitié la raison courroucée
De nos doux entretiens interrompait le cours,
Nous nous quittions, l'œil morne et la tête baissée,
Maudissant le travail qui brisait nos discours.

Mais comme ce pigeon si fameux de la fable,
Qui gémit en voyant son frère s'éloigner,
Je gémissais aussi, j'étais inconsolable,
Et mon cœur ne pouvait jamais se résigner.

A l'amitié faisant de nouveaux sacrifices,
J'abandonnais alors mes livres sans regret.
Je les aimais pourtant, j'en faisais mes délices,
Mais nos doux entretiens m'offraient bien plus d'attrait.

Bien souvent, désirant te cacher ma tristesse,
Lorsque je te quittais pour céder au devoir,
Je prenais un air dur, un ton plein de rudesse ;
Mais mon émotion bientôt se laissait voir.

C'est que, quand le cœur parle, il est bien difficile
De comprimer sa voix, d'arrêter ses transports ;

Plus on veut l'enchaîner, plus il est indocile,
Plus il sent le besoin de s'épandre au dehors.

De l'amitié nos cœurs goûtaient le saint calice;
Nous étions absorbés par ses charmes puissants,
Et nous le savourions tous deux avec délice,
Comme on savoure un vin qui ranime les sens.

Que nous étions heureux, malgré cet esclavage,
Qui souvent au lycée assombrit les beaux jours,
Malgré ces règlements, dont la rigueur trop sage
Du bonheur de l'enfance empoisonne le cours !

Mais il n'existe point de rose sans épines :
Notre bonheur semblait devoir toujours durer,
Un seul et même cœur battait dans nos poitrines,
Et maintenant voilà qu'il faut nous séparer !

Nous séparer !... Hélas ! cesser de vivre ensemble,
Quand je voudrais si bien ne jamais te quitter,
Quand par des nœuds si forts l'amitié nous rassemble !
Est-il une douleur plus dure à surmonter ?

Mais silence ! Pourquoi par de telles pensées
Réveiller des tourments que je voudrais bannir ?
A quoi sert de verser des larmes insensées,
Puisque le temps passé ne peut plus revenir ?

Et d'ailleurs de ta foi n'ai-je pas bien la preuve ?
Et le temps de sa main n'a-t-il pas affermi

Ces nœuds qui n'ont été rompus par nulle épreuve ?
Pour être loin de toi, suis-je moins ton ami ?

Déjà je crois entendre une voix consolante.
Qui vibre doucement dans mon cœur alarmé ,
Et qui vient assurer à mon âme tremblante
Qu'on ne peut s'oublier quand on s'est tant aimé.

Non, d'un injuste oubli tu n'auras rien à craindre ,
Du temps qui détruit tout ton nom sera vainqueur,
Et, tant que le trépas ne viendra pas m'atteindre,
Il restera gravé dans le fond de mon cœur.

Enfin de moi reçois un avis salutaire :
Tu sais ce que tu perds, Georges, en me perdant ;
Toi qui me disais tout, tu ne pourras te taire ,
Et tu voudras avoir un nouveau confident.

Mais prends bien garde, ami, de te laisser séduire
Par les dehors trompeurs de la fausse amitié,
Redoute ces aspics qui ne cherchent qu'à nuire,
Fuis leur contact impur, sois pour eux sans pitié.

Loin donc, bien loin de nous ces cœurs pétris de vices,
Qui, cherchant notre appui, sont d'abord nos flatteurs,
Et qui, lorsqu'ils n'ont plus besoin de nos services,
Deviennent aussitôt nos calomniateurs !

Loin de nous ces mortels au cœur lâche et coupable,
Qui, s'ils nous voient heureux, se disent nos amis,

Et qui, nous délaissant quand le sort nous accable,
Nous refusent l'appui qu'ils nous avaient promis !

Loin de nous ces serpents, ces venimeux reptiles,
Dont la bouche distille et l'injure et l'encens,
Et qui, du malheureux détestables Zoïles,
Sont nos adulateurs quand ils nous voient puissants !

Près de nous seulement ceux dont l'âme est sensible,
Ceux qui de l'infortune ont souvent eu pitié,
Ceux enfin dont le cœur fut toujours accessible
Aux tendres sentiments qu'inspire l'amitié !

24 août 1850.

VERS IMPROVISÉS.

UN SOUPIR.

Quand donc viendra ce jour d'ivresse,
Où dans la coupe de l'amour
Je pourrai boire l'allégresse ?
Quand donc viendra cet heureux jour !

Quand, rempli d'un bonheur extrême,
Pourrai-je revoir le séjour,
Où réside celle que j'aime !
Quand donc viendra cet heureux jour !

Quand pourrai-je, assis auprès d'elle,
Dans mes mains serrer le contour
De sa taille à mes yeux si belle ?
Quand donc viendra cet heureux jour !

Quand, malgré la farouche envie,
Pourrai-je en paix m'ébattre autour
De celle qui soutient ma vie ?
Quand donc viendra cet heureux jour !

Quand, pourra ma bouche folâtre,
Cueillir des baisers tour-à-tour
Sur son sein et son cou d'albâtre ?
Quand donc viendra cet heureux jour !

Quand, pour terminer ma torture,
La verrai-je sans autre atour
Que ceux dont l'orna la nature ?
Quand donc viendra cet heureux jour !

Quand pourrai-je, épris de ses charmes,
Lui montrer un cœur sans détour,
En répandant de douces larmes ?
Quand donc viendra cet heureux jour !

Quand donc, après ma longue absence,
Pourrai-je enfin, par mon retour,
Lui prouver ma reconnaissance ?
Quand donc viendra cet heureux jour !

Seigneur, si votre main m'envoie
Au trépas, ce cruel vautour,
Avant que mon œil la revoie,
Vous m'ôterez deux fois le jour.

23 octobre 1850.

STANCES.

—

MES ADIEUX A LA POÉSIE.

C'en est fait ! du bonheur la source m'est ravie !
Je ne sentirai plus que d'amères douleurs ;
Je ne passerai plus le reste de ma vie
    Qu'à répandre des pleurs.

Au culte des neuf Sœurs voué dès ma naissance,
Je goûtais sous leur joug un bonheur innocent,
De l'espoir de toujours rester sous leur puissance
    Sans cesse me berçant.

Près d'elles embellis par une douce ivresse,
Mes jours s'écoulaient tous sans les moindres ennuis ;

Des songes enchanteurs, enfants de l'allégresse,
    Charmaient toutes mes nuits.

De la vie à pas lents je parcourais la route,
Sur ses bords pleins de fleurs bien souvent m'asséyant,
Comme un passant séduit par le charme qu'il goûte
    Dans un site attrayant.

Et je perds tout cela par l'erreur que commettent
Ceux par qui le bonheur ne fut jamais goûté,
Et qui croient que ce sont les trésors qui nous mettent
    Dans la félicité.

Je suis de cette erreur la fatale victime :
Prêtre de Melpomène, on me voue à Thémis !
Pour être ainsi traité, dis-moi, mon Dieu, quel crime
    Ai-je jamais commis ?

Dans quel dessein changer ainsi mes destinées ?
Pourquoi briser ma vie ? Assez d'autres sans moi
Consumeront le feu de leurs belles années
    A commenter la loi ?

Pourquoi mettre à mes vœux de pareilles entraves !
« La fortune aujourd'hui veut bien t'ouvrir ses bras ;
Voles-y, me dit-on ; demain, si tu la braves,
    Tu t'en repentiras ! »

Vous qui me conseillez, vous me croyez avide
Des fausses voluptés que procure l'argent ;

Mais est-ce lui, parlez, qui comblera le vide
De mon cœur indigent?

Vous voulez m'effrayer par des images vaines :
Vous n'y parviendrez point. Peu m'importe, en effet,
Que, par la faim, la mort se glisse dans mes veines,
Si je meurs satisfait!

Mais silence, mon cœur! ta douleur est amère,
Cependant tu n'as pas le droit de t'indigner;
L'ordre que tu maudis arrive d'une mère;
Il faut te résigner.

Adieu donc pour toujours, sublime poésie,
Qui de ma vie étais le plus puissant ressort,
Qui me comblais de joie, et que j'avais choisie
Pour embellir mon sort!

Je ne goûterai plus tes ineffables charmes,
Et, lorsque je voudrai surmonter mon ennui,
Tu ne m'aideras plus; je n'aurai que mes larmes,
Pour lutter contre lui.

Adieu, ma muse, adieu, toi qui vers le Parnasse
Me menais doucement, me tenant par la main;
Adieu, pardonne-moi si, craignant la menace,
Je m'arrête en chemin!

Doux présent de ma muse, adieu, ma tendre lyre,
Source de voluptés exemptes de remord!

Je vais passer sans toi mes jours dans un délire
    Plus affreux que la mort!

Adieu, félicité, que mon âme trompée
Près d'elle pour toujours croyait enfin tenir,
Et qui t'es loin de moi tout-à-coup échappée,
    Pour ne plus revenir!

10 novembre 1850.

VERS

MIS AU BAS DE MON PORTRAIT ADRESSÉ A MA MÈRE.

Ma mère, si l'aspect de la muette image
D'un fils, qui dans ses bras brûle de te tenir,
Charme tes yeux, et peut ranimer ton courage
Jusqu'au jour fortuné qui doit nous réunir,
Et si de ton enfant, en voyant son hommage,
Avec bonheur encor tu peux te souvenir,
J'aurai de mon présent recueilli l'avantage
Le plus doux, que jamais je puisse en obtenir.

Paris, 30 décembre 1850.

7

STANCES.

—

DÉSILLUSION.

1.

Dès ma première adolescence,
De l'amour sentant les attraits,
J'eus hâte, dans mon innocence.
De le savourer à longs traits ;
Dans mes mains je pris le calice,
Et je le bus avec délice,
Croyant n'y trouver que du miel;
Par malheur j'ignorais encore
Qu'au fond du vase qu'on adore
Se dépose souvent du fiel.

2.

Surpris de la saveur amère
De ce breuvage corrosif,
Mon cœur, enflammé de colère,
Fit un mouvement convulsif;
De ma bouche décolorée
J'éloignai la coupe dorée,
Résolu de n'y plus goûter;
Mais les gouttes que j'avais bues,
Dans mes entrailles descendues,
Se mirent à les tourmenter.

3.

Pour m'affranchir de ma détresse
Et de mes tourments douloureux,
Je voulus puiser l'allégresse
Dans des plaisirs moins dangereux.
Ma résolution fut vaine,
Et, pour mettre un terme à ma peine,
Je fis des efforts superflus;
Mon mal était sans nul remède,
Et, loin de lui venir en aide,
Je l'aigrissais de plus en plus.

4.

Je vis alors que pour ressource
Il ne me restait que d'aller

De nouveau puiser à la source
Des maux qui venaient m'accabler;
Que de l'amour, dont rien ne sèvre,
Je devais porter à ma lèvre
La séduisante coupe d'or,
Et que, pour guérir ma blessure,
Une seule voie était sûre,
C'était d'oser y boire encor.

5.

Aimons donc, ma belle maîtresse;
Aimons, épargnons les instants;
Aimons, hâtons-nous, le temps presse,
Dans notre amour soyons constants.
L'amour est un mal nécessaire,
Aimons donc; sans nous y soustraire,
Obéissons à ses appas;
Car chaque minute qui passe
Raccourcit le trop faible espace,
Qui nous sépare du trépas.

Elbeuf, 9 avril 1852.

STANCES.

—

RÉPONSE A DES VERS OFFERTS PAR UNE DAME
A L'AUTEUR.

Digne fille de Melpomène,
En lisant vos sublimes vers,
J'ai gémi de voir l'âme humaine
Souffrir de si cruels revers.

Vos chants, inspirés par les Grâces,
Et remplis de traits émouvants,
Dans mon cœur ont laissé des traces,
Que n'effacera point le temps.

Sous des couleurs qui frappent l'âme,
Vous y peignez l'affreux tourment

D'une jeune et candide femme,
Qui pleure un infidèle amant.

Vous la montrez inconsolable,
Et lasse de toujours souffrir,
Prier le ciel inébranlable
De la laisser au moins mourir;

Puis, craignant que l'Être suprême
Ne soit offensé de son vœu,
Lutter assez contre elle-même,
Pour en faire le désaveu.

En voyant de votre héroïne
Les malheurs si bien racontés,
Pardonnez-moi si je devine
Que c'est vous qui les supportez.

Quand nous ne sentons pas l'étreinte
D'une pareille adversité,
Nos vers ne portent pas l'empreinte
D'une si grande vérité.

Mais si j'eus l'âme assez mutine
Pour voir qui vous vouliez nommer
Sous le vain nom de Caroline,
N'allez pas vous en alarmer.

Lorsque dans un cœur je veux lire
Les maux qui viennent le navrer,

Ce n'est point pour pouvoir en rire,
C'est pour pouvoir l'en délivrer.

Si votre ennui vous importune,
A moi donc osez recourir :
Vous me verrez dans l'infortune
Toujours prêt à vous secourir.....

Mais chut !... Si votre mal sommeille,
Dieu veuille que ces derniers mots,
En allant frapper votre oreille,
N'aient point troublé votre repos.

Paris, 10 janvier 1853.

TABLE

FIN.

Paris — Impr. LACOUR ET Cᵉ, rue Soufflot, 16.